1903 - Novembre - 19

VENTE DES ORIGINAUX & IMPRESSIONS

ayant appartenu à l'ancienne

Société des Imprimeries LEMERCIER

et Presses Américaines réunies

qui a cessé son industrie

Peintures, Aquarelles

GOUACHES

Dessins en noir et en couleurs

PAR

CHARTRAN, L. MAROLD, Eug. GRASSET
ORAZI, VOGEL, SIMONIDY
GEO BLOTT, BOCCHINO, E. DUEZ, Albert GUILLAUME
HABERT-DYS, HINGRE, Gaston LA TOUCHE
MUCHA, SCOTT, TOFANI, BASTARD

Portrait d'Alfred Lemercier par Carolus DURAN

MAQUETTES D'AFFICHES, TABLEAUX

Menus ou Petites Cartes

Livres et Recueils de Portraits et Planches

AFFICHES ILLUSTRÉES

par Léandre, Grasset, Simonidy, etc., etc.

Planches gravées, Objectifs photographiques, Meubles à portefeuilles

QUANTITÉ D'ÉPREUVES DE TOUS GENRES EN NOIR ET EN COULEURS

Dont la vente aura lieu

HOTEL des VENTES, rue Drouot, Salle N° 11

Les 19, 20 et 21 Novembre 1903

à 2 heures précises

Par le Ministère de Mᵉ PAUL LEMOINE, Commissaire-Priseur
91, rue Lafayette, Paris.

Assisté de M. Ed. SAGOT, Expert, 39 *bis*, rue de Chateaudun, Paris.
Chez lesquels se trouve le Catalogue

EXPOSITION PUBLIQUE : Mercredi 18 Novembre 1903, de 2 h. à 6 h.

IMPRIMERIE FRAZIER-SOYE
153, rue Montmartre
PARIS

VENTE DES ORIGINAUX & IMPRESSIONS
ayant appartenu à l'ancienne
Société des Imprimeries LEMERCIER
et Presses Américaines réunies
qui a cessé son industrie

Peintures, Aquarelles
GOUACHES
Dessins en noir et en couleurs

PAR

CHARTRAN, L. MAROLD, Eug. GRASSET
ORAZI, VOGEL, SIMONIDY
GEO BLOTT, BOCCHINO, E. DUEZ, Albert GUILLAUME
HABERT-DYS, HINGRE, Gaston LA TOUCHE
MUCHA, SCOTT, TOFANI, BASTARD

Portrait d'Alfred Lemercier par Carolus DURAN

MAQUETTES D'AFFICHES, TABLEAUX
Menus ou Petites Cartes
Livres et Recueils de Portraits et Planches
AFFICHES ILLUSTRÉES
par Léandre, Grasset, Simonidy, etc., etc.

Planches gravées, Objectifs photographiques, Meubles à portefeuilles

QUANTITÉ D'ÉPREUVES DE TOUS GENRES EN NOIR ET EN COULEURS

Dont la vente aura lieu
HOTEL des VENTES, rue Drouot, Salle N° 11
Les 19, 20 et 21 Novembre 1903
à 2 heures précises

Par le Ministère de Me PAUL LEMOINE, Commissaire-Priseur
91, rue Lafayette, Paris.

Assisté de M. Ed. SAGOT, Expert, 39 *bis*, rue de Chateaudun, Paris.
Chez lesquels se trouve le Catalogue

EXPOSITION PUBLIQUE : Mercredi 18 Novembre 1903, de 2 h. à 6 h.

CONDITIONS DE LA VENTE

La vente aura lieu au comptant. 10 0/0 en sus des enchères.

L'Exposition mettant le public à même de se rendre compte de la valeur et de l'état des lots mis en vente, aucune réclamation ne sera admise après l'adjudication prononcée.

Les originaux sont vendus avec le droit de reproduction, sauf avis contraire.

M. Ed. Sagot, expert, remplira au mieux de leurs intérêts, les commissions des personnes qui ne pourraient assister à la vente.

ORDRE DES VACATIONS

Jeudi 19 Novembre

Estampes Nos 296 à 323. — Dessins Nos 2 à 50

Peintures Nos 1, 51 à 98 — Lot No 324

Vendredi 20 Novembre

Dessins en feuille Nos 99 à 236

Samedi 21 Novembre

Livres Nos 237 à 295. — Meubles Nos 325 à la fin.

DÉSIGNATION

PEINTURES & DESSINS ENCADRÉS

DURAN (Carolus)

1. — Portrait de M. Alfred Lemercier; peinture. Belle et importante œuvre : *A mon ami Lemercier 1884.*

Haut. : 63 cent. 1/2; Larg. : 52 cent. 1/2.

Anonyme

2. — L'amateur d'huitres ; maquette à l'huile sur toile en haut.

Haut. : 55 cent.; larg. : 46 cent.

C'est l'original du célèbre tableau réclame que tout le monde a vu et qui représente un vieillard attablé devant un plat d'huitres à côté d'une bouteille de vin blanc.

3. — Maquette peinte sur bois pour le chocolat Suchard (Enfant, mère et nourrice) en larg.

Haut. : 32 cent.; Larg. ; 39 cent. 1/2.

4. — Maquette pour un fabricant d'aiguilles : Jeune mère et sa fillette cousant dans une serre; peinture sur toile en hauteur.

Haut. : 2 m. 10; Larg. : 1 m. 50.

5. — Famille de Chats — Oies et canards — 2 aquarelles en largeur formant pendant.

Haut. : 27 cent.; Larg. : 36 cent.

6. — La guinguette, aquarelle et gouache en haut.
Haut. : 43 cent. ; Larg. : 33 cent.

7. — Jenne femme en buste, avec des coquelicots dans les cheveux et tenant un lys ; encadrement de fleurs; aquarelle avec rehauts d'or ; en haut.
Sujet. — Haut. : 61 cent. ; Larg. : 41 cent.
Avec l'encadrement. — Haut. : 78 cent. 1/2 ; Larg. : 59 cent.

8. — Jeune femme en robe rose descendant un escalier ; aquarelle et gouache en haut.
Haut : 43. cent. 1/2 ; Larg. : 29 cent. 1/2.

9. — Les lilas, peinture sur bois, en haut.
Haut. : 44 cent. 1/2 ; Larg. ; 36 cent. 1/2

10. — Portrait d'un évêque, peinture à l'huile ovale (Mauvais état).
Haut. : 90 cent. ; Larg. : 72 cent.

11. — Sous le Directoire, aquarelle et gouache en Signée du monog. A. P.
Haut. : 44 cent. ; Larg. : 34 cent.

12. — Tête de jeune femme de profil à droite. Maquette peinte sur toile.
Haut. : 55 cent. ; Larg. : 45 cent. 1/2.

13. — Têle de jeune fille aux cheveux blonds épars ; maquette peinte sur toile.
Haut. : 50 cent. ; Larg. : 40 cent.

Bocchino

14. — Deux enfants attablés devant leur tasse de cholat ; aquarelle en largeur.
Haut. : 39 cent. 1/2 ; Larg. : 55 cent.

15 — L'enfant à la tasse de chocolat, maquette sur toile en hauteur.
Haut. : 64 cent. 1/2 ; Larg. : 53 cent. 1/2.

Bocchino (V.)

16. — Le goûter (2 enfants dans un parc, l'un avec un plateau et service à thé, l'autre avec une boîte de biscuits) aquarelle en haut. Signée.
Haut. : 45 cent. ; Larg. : 34 cent 1/2.

17. — Le premier déjeuner (jeune femme au lit) peinture sur toile en haut signée.

Haut. : 53 cent. ; Larg. : 37 cent. 1/2.

Boilot (Fd.)

18. — Maquette pour les Biscuits Scapini, aquarelle et gouache en larg. signée et datée 1900.

Haut. : 45 cent. ; Larg. 61 cent.

Chartran (F.)

19. — La France conviant les nations à l'exposition de 1900. Peinture sur bois, en hauteur. Signé et datée 1900.

Reproduite pour illustrer la couverture du Catalogue officiel de l'Exposition de 1900.

Haut. : 39 cent. 1/2 ; Larg. : 26 cent.

Chicotot (Georges)

20. — Panneau fleurs, sur bois ; signé.

Haut. : 66 cent. ; Larg. : 30 cent 1/2.

du Gondray (R.)

21. Jeune femme en costume moyen âge cueillant des iris. Peinture sur toile en haut.

Haut. : 43 cent. 1/2 ; Larg. : 35 cent.

Duez (E.)

22. — Jeune femme sous un arbre, panneau décoratif à l'encre de chine. Signé.

Haut. : 1 m. 55 cent. ; Larg. : 55 cent.

Duffau (Mlle C. H.)

23. — D. Guillot à Bordeaux (garçon versant à boire à un couple dans un cabaret) aux crayons en de couleurs, en largeur.

Haut. : 30 cent. ; Larg. : 41 cent.

de Feure (G.)

24. — Jeune femme dans un parc, costume du 18e siècle ; maquette peinte sur toile. Signée.

Haut. : 1 m. 50 cent. : Larg. 1 m 10 cent.

Flameng (*François*)

25. — Vue d'une ville russe, dessin à la plume, en haut. Signé.

Haut. : 40 cent. ; Larg. : 35 cent.

Gedina (J.)

26. — La dormeuse, aquarelle et gouache en haut. Signée.

Haut. : 39 cent. 1/2 ; Larg. : 27 cent. 1/2.

Gélibert (G.)

27. — Les petits chasseurs ; aquarelle et gouache en largeur. Signée.

Haut. : 24 cent. ; Larg. : 47 cent.

Blott (Geo) attribué

28. — Gentleman en redingote, grande maquette peinte sur toile, datée 98.

Haut. : 2 m. 30 cent. ; Larg. : 90 cent.

Géo Blott

29. — Jeune femme offrant une tasse de thé et une boîte de biscuits ; aquarelle et gouache en haut. Signée et datée 99.

Haut. : 54 cent. : Larg. : 35 cent.

Georges (B.)

30. — L'amour et le flamant, peinture sur toile en haut. Signée.

Haut. : 65 cent. ; Larg. : 34 cent.

Gobilleaud-Springer

31. — La maison de campagne, peinture sur toile, en larg. signé ; cadre or.

Haut. : 36 cent. ; Larg. : 44 cent. 1/2.

Grasset (Eug.)

32. — Bougie Fournier à Marseille, aquarelle in-8° en haut.

Haut. : 17 cent. 1/2 ; Larg. : 11 cent. 1/2.

Grasset (Eug.) (attribué à)

33. — Femme respirant des fleurs, aquarelle en haut.

Haut. : 20 cent.; Larg. : 16 cent.

34. — Maquette de l'affiche pour le 4e centenaire de la découverte de l'Amérique; plume, encre de chine et aquarelle, en haut. Signée.

Haut. : 39 cent.; Larg. : 28 cent. 1/2.

Guillaume (Albert)

35. — A la Ville de Versailles; aquarelle et gouache en largeur. Signée.

Haut. : 24 cent.: Larg. : 32 cent.

36. — Le champagne (au régiment, à la ville, à la chasse), trois compositions à l'aquarelle. Signées, sur une feuille.

Haut. : 12 cent.; Larg. : 30 cent.

37. — Le champagne (cantinière, valet et piqueur), trois compositions à l'aquarelle. Signées, sur une feuille.

Haut. : 11 cent. 1/2; Larg. : 29 cent.

38. — Le Déjeuner, aquarelle en haut. Signée.

Haut. : 10 cent.; Larg. : 9 cent.

39. — Les Étrennes. — Le jeu de saute mouton. — La leçon de natation. — La rentrée au collège. Quatre compositions en hauteur, à la plume, signées.

Haut. : 20 cent.; Larg. : 15 cent.

40. — Les Idylles, 12 aquarelles gouachées en largeur, signées en deux cadres.

Haut. : 12 cent.; Larg. : 16 cent.

Idylle antique.
— artistique.
— balnéaire.
— champêtre.
— chorégraphique.
— coloniale.
— militaire.
— nuptiale.

Idylle patriotique.
— réaliste.
— scolaire.
— vélocipédique.

Nous joignons la série des originaux au trait. (Manque l'idylle patriotique.)

41. — Jeune femme buvant un bock; à la plume, en hauteur. Signé.

Haut. : 27 cent. 1/2; Larg. : 20 cent.

42. — La leçon de couture (grand mère et fillette), dessin à la plume. Signé.

Haut. : 29 cent. 1/2; Larg. : 20 cent.

43. — Nourrice distribuant des biscuits à des enfants; à la plume, en largeur.

Haut. : 29 cent. 1/2; Larg. : 39 cent. 1/2.

44. — Plus de dos ronds (portrait du Président Carnot; plume et aquarelle. Signée.

Haut. : 29 cent.; Larg. : 19 cent.

45. — Le thé du célibataire, aquarelle et gouache, en largeur. Signée.

Haut. : 20 cent.; Larg. : 22 cent. 1/2.

46. — Toast civil et toast militaire, deux compositions à l'aquarelle pour un vin de champagne, en haut.

Haut. : 11 cent. 1/2; Larg. : 9 cent.

47. — Le vin tonique; 6 compositions à la gouache et à l'aquarelle. Signées.

Haut. : 11 cent.; Larg. : 9 cent.

Baigneuse sortant de l'eau.
Enfant et prêtre.
Académicien et négresse.
Deux officiers trinquant.
Dame et Monsieur en habit rouge.
Deux cyclistes.

Habert-Dys

48. — Maquette originale pour la Bénédictine. Très belle composition en forme d'éventail, aquarelle et gouache rehaussée d'or en largeur.

Haut. : 35 cent. 1/2; Larg. : 69 cent.

49. — Vue de l'abbaye de Fécamp, avec encadrement de fleurs; jolie composition en forme d'éventail, en long. Gouache et aquarelle rehaussée d'or.

Haut. : 35 cent. 1/2; Larg. : 69 cent.

Hingre (L.)

50. — Le parfum (figure de femme s'envolant au-dessus d'une cornue contenant des fleurs); toile. Signée.

Haut. : 73 cent.; Larg. : 53 cent. 1/2.

La Touche (G.)

51. — Ma mère! au crayon conté, en haut. Signé et daté 1890.

Haut. : 32 cent.; Larg. : 19 cent. 1/2.

Lorentz (J. A.)

52. — L'impératrice Eugénie agenouillée en prière près du catafalque de son fils; peinture sur carton. Signée et datée oct. 1879, en haut.

Marold (L.)

53. — Un bal d'enfants; aquarelle en largeur.

Haut. : 41 cent. 1/2; Larg. : 78 cent 1/2.

54. — La bouquetière, aquarelle et gouache en haut.

Haut. : 46 cent.; Larg. : 36 cent.

55. — Le café du pacha; aquarelle et gouache en haut. Signée *L. M.*

Haut. : 36 cent.; Larg. : 27 cent.

Très belle aquarelle.

56. — La dame au flacon de sels, aquarelle et gouache en haut.

Haut. : 53 cent. 1/2; Larg. : 41 cent. 1/2.

57. — Danses indiennes; maquette originale à l'aquarelle et à la gouache en largeur.

Haut. : 43 cent. 1/2; Larg. : 78 cent. 1/2.

58. — Les divers genres de toast, aquarelle et gouache en haut.

Haut. : 35 cent. 1/2; Larg. : 30 cent. 1/2.

59. — Embarquement de soldats écossais; gouache et aquarelle en largeur.

Larg. : 98 cent.; Haut. : 56 cent.

60. — Petit groom nègre, maquette à l'aquarelle pour le *Chocolat Meunier* (sic) en haut.

Haut. : 32 cent; Larg. : 22 cent.

61. — Les Quatre Saisons; *quatre* jolies compositions à l'aquarelle et à la gouache. Signées et datées 1897, en largeur.

Haut. : 23 cent. 1/2; Larg. : 45 cent.

62. — Réception d'ambassadeur par un rajah — Rajah sur son trône — Proclamation d'un vice-roi des Indes — Trois superbes compositions à l'aquarelle et à la gouache, en hauteur en un même cadre.

Haut. : 48 cent.; Larg. : 105 cm.

63. — Un toast — La fin du repas — La halte — Tête à tête; quatre compositions à l'aquarelle et gouache pour la Feuillantine. en haut (deux signées).

Ces quatre aquarelles comptent parmi les plus jolies compositions de l'artiste.

Haut. : 50 cent.; Larg. : 35 cent.

Mucha (A.)

64. — Le clown et le petit malade. Encre de chine et gouache en larg. Signé.

Haut. : 25 cent. ; Larg. : 38 cent. 1/2.

65. — Intérieur du Musée de la Bénédictine de Fécamp ; aquarelle en forme de médaillon.

Diamètre : 15 cent.

66. — Visite du Musée de la Bénédictine de Fécamp ; aquarelle en larg.

Haut. : 12 cent. 1/2 ; Larg. : 21 cent. 1/2.

67. — La Visiteuse du Musée de la Bénédictine de Fécamp ; aquarelle en haut.

Haut. : 17 cent. 1/2 ; Larg. : 14 cent.

Nagy

68. — Jeune femme couronnée de roses ; aquarelles, en haut. Signée, datée 89, cadre or.

Haut. ; 42 cent. 1/2 ; Larg. : 25 cent. 1/2.

69. — Jeune femme en buste enguirlandée de fleurs ; aquarelle en haut. Signée, cadre or.

Haut. : 42 cent. 1/2 ; Larg. : 25 cent. 1/2.

Orazi (M.)

70. — L'aiguille (M. âgé enfilant une aiguille, 3 ouvrières le regardent en riant) aquarelle, en haut.

Haut. : 47 cent. ; Larg. : 31 cent. 1/2.

Orazi (Manuel) et **Habert Dys**

71. — Bébé mangeant et chat noir ; aquarelle et gouache en haut. (original pour *Nestlé's food).*

Haut. : 30 cent. ; Larg. : 21.

Orazi (M.)

72. — Enfants et Pavot — Enfant et Raisins — Enfant et oiseaux — Enfant, roses et papillons ; 4 jolies compositions à l'aquarelle et gouache. en larg. Signés.

Haut. : 27 cent ; Larg. 50 cent.

73. — Jeune femme buvant dans une tasse ; aquarelle en haut.

Haut. : 48 cent. ; Larg. : 31 cent.

74. — Jeune femme cousant à côté d'une table chargée de pelotes de fil ; aquarelle et gouache en haut. Signé du monogramme.

Haut. : 60 cent. ; Larg. : 46 cent. 1/2

75. — Le Pont de Galata ; aquarelle et gouache en haut.

Haut. : 47 cent. ; Larg. : 33 cent.

76. — Soubrette cousant, crayon et aquarelle en haut.

Haut. : 47 cent. ; Larg. : 31 cent.

Rabier (B.)

77. — Epicier et cuisinière ; composition pour un tapioca ; aquarelle, en largeur. Signée.

Haut. : 15 cent. ; Larg. : 27 cent.

Riv (R.)

78. — Au Jardin — Enfants et Cygnes — Enfants et dindons, 4 panneaux peints sur bois en larg. Signés.

Haut. : 25 cent. ; Larg. 46 cent.

Sévelinge (E.)

79. — Onze cartes : Pierrot, clown, danseuse, arlequin, etc à l'aquarelle ; signées E. S. en 2 cadres.

Haut. : 16 cent. 1/2 ; Larg. : 69 cent.

Scott (Georges)

80. — La Femme aux iris ; aquarelle en haut., signée et datée 98.

Haut : 53 cent. 1/2 ; Larg. : 40 cent.

Simonidy (M.)

81. — Août : Les Régates, deux jeunes femmes au bord de la mer ; aquarelle et gouache en largeur. Signée et datée 99.

Haut. : 25 cent. 1/2 ; Larg. : 40 cent.

82. — Bal masqué ; aquarelle et gouache signée et datée 99 en largeur.

Haut. : 26 cent. ; Larg. : 40 cent.

83. — La chasse, peinture et gouache en larg. Signée et datée 99.

Haut. : 20 cent. 1/2 ; Larg. : 40 cent. 1/2.

84. — Femme dans la serre ; peinture sur toile, en hauteur. Signée.

Haut. : 80 cent. ; Larg. : 42 cent 1/2.

85. — L'inquiétude (jeune femme à chevelure rousse dans un bois) aquarelle et gouache en largeur. Signée.

Haut. : 24 cent. 1/2 ; Larg. : 40 cent.

86. — Jeune servante, en costume breton ou suisse, portant un plateau avec deux bouteilles de liqueur et un vase de fleurs; aquarelle et gouache, en haut. Signée.

Haut. : 50 cent. ; Larg. : 40 cent.

87. — La loge au théâtre; aquarelle et gouache en larg. Signée et datée 1899.

Haut. : 25 cent. ; Larg. : 40 cent. 1/2.

88. — Patinage; aquarelle et gouache en largeur. Signée et datée 99.

Haut. : 26 cent. ; Larg. : 40 cent.

89. — Le 14 Juillet (2 jeunes femmes accrochant des lampions) aquarelle et gouache en larg. Signée.

Haut. : 25 1/2 cent. ; Larg. : 40 cent. 1/2.

90. — La Sortie, aquarelle et gouache en haut. Signée.

Haut. : 45 cent. ; Larg. : 33 cent.

91. — Maquette peinte sur toile pour une station thermale, en haut. Signée.

Haut. : 1 m. 50; Larg. : 1 m. 10.

92. — Jeune vendangeuse sur un âne (original du *Champagne Binet)* aquarelle et gouache en haut. Signée *Sim.*

Haut. : 61 cent. ; Larg. : 47 cent.

Tamagno

93. — Le Menuet, aquarelle et gouache (Maquette pour *Le Tapis Rouge*) en haut. Signée.

Haut. : 38 cent. ; Larg. : 26 cent. 1/2.

94. — Mousquetaire et Soubrette attachant un soulier à la queue d'un chat; aquarelle et gouache en haut. Signée.

Haut. : 37 cent. ; Larg. : 26 cent.

Tofani

95. — La fête de Madame ; aquarelle et gouache en haut. Signée.

Haut. : 44 cent. ; Larg. 34 cent. 1/2.

Vogel

96. — L'enfant blessé ; aquarelle et gouache en largeur.

Haut. : 21 cent. 1/2 ; Larg. 34 cent. 1/2.

97. — Petite fille ; aquarelle en haut.

Haut. : 53 cent. 1/2 ; Larg. 30 cent.

98. — Les Saisons. Costumes du moyen âge ; aquarelle et gouache. 4 compositions en haut.

Haut. : 46 cent. ; Larg. : 30 cent. 1/2.

DESSINS EN FEUILLES
MAQUETTES D'AFFICHES

Anonyme

99. — Bière Karcher, 2 maquettes à l'aquarelle pour affiche et menu, in-4° et in-f° en haut.

100. — Composition à la plume et au lavis d'encre de chine en forme d'encadrement pour produits coloniaux.
Noirs récoltant le caoutchouc (?), portànt des défenses d'éléphant. paysage exotique.

101. — Maquette pour la Bénédictine (2 moines avec une cornue et vue de l'abbaye de Fécamp) in f° en largeur.

Haut. : 65 cent.; Larg. : 100 cent.

Autre grande maquette pour la même liqueur, représentant l'abbaye de Fécamp. La bouteille et fleurs formant encadrement.

102. — Pour les Tous Petits, album de 1 titre et 9 comp. en couleurs, in-4° en haut.

Haut. : 30 cent. ; Larg. : 24 cent.

103. — Les Saisons Symbolisées par de gracieuses jeunes femmes ; 4 aquarelles et gouaches in-4° en hauteur pour le chocolat Suchard.

Haut. : 50 cent. ; Larg. : 27 cent. 1/2.

104. — Souvenir de l'Exposition Universelle de 1900 ; aquarelle in-f° en largeur.
Belle composition décorative ornée de 30 portraits de Souverains et chefs d'Etats.

Haut. : 45 cent. ; Larg. : 60 cent.

Bac (F.)

105. — Programme officiel de la mi-Carême 1893 ; grande composition en forme d'éventail, in-f° en hauteur — Pierrette colombine, 2 aquarelles in-4° en haut — Sur la plage, à la plume. Signé et daté 93 — Chanteur s'accompagnant avec une guitare, à la plume. Signés ; ens. 5 dessins.

Bastard (A.)

106. — Maquette pour la Bière de la Meuse ; 3 aquarelles in-8° en hauteur avec 4 calques en couleurs variées.

Haut. 25 cent. : 1/2 ; Larg. : 14 cent. 1/2.

107. — Brasserie de la Réforme, maquette à l'aquarelle, in-4° en haut. Signée.

Haut. : 40 cent. ; Larg. : 30 cent.

108. — Maquettes en couleurs pour un chocolat, 5 compositions en couleurs, différents in-f° en haut.

Haut. : 49 cent. ; Larg. : 30 cent.

109. — Les Grès de Bigot, maquette en couleurs, in-fol. en hauteur, signée.

110. — Tennis-Biscuit, aquarelle en larg. signée.

Haut. 31 cent. — Larg. 47 cent.

Beuzon (G.)

111. — Alphabet français, composition de G. Beuzon, texte et poésie par F. Modelon; 2 séries de 15 familles comprenant: 1° les dessins agrandis *au trait;* 2° les aquarelles originales, d'un format plus petit; ensemble 30 feuilles dans un carton.

Bocchino

112. — Brasserie de Strasbourg; maquette en couleurs; in-fol. en hauteur.

Haut. : 48 cent.; Larg. : 38 cent.

113. — Liqueur Hanappier, maquette en couleurs, in-4° en haut.

Haut. : 40 cent.; Larg. : 30 cedt.

Choubrac (A.)

114. — L'esprit des enfants, titre et 35 comp. à la plume, de divers formats, signés.

Christiansen (Hans)

115. — Société générale de Publicité, aquarelle in-fol. en haut., signée.

Haut. : 50 cent.; Larg. : 33 cent.

Condamy (de) **Vallet. Detaille** (Ch.)

116. — Les Courses. — Jument et son poulain. — Jockey à cheval, 3 dessins au trait par *de Condamy.*

Yachtwoman. — Amazone, 2 dessins au trait par *Vallet* (plus 1 fumé des reproductions).

Le rendez-vous de chasse, aquarelle non signée, in-4° en haut.

Amazone à cheval, aquarelle par *Ch. Detaille,* in-4° en largeur (plus 2 ép,euves); ens. 7 dessins et 4 épreuves.

Dedina (J.)

117. — Projet de calendrier pour un épicier; aquarelle et gouache in-4° en largeur, signée.

Haut. ; 35 cent.; Larg. : 49 cent.

Dufau (Mlle)

118. — Maquette pour un tableau : Société de générateurs inexplosibles; à la plume, in-4° en larg. Signée.

Haut. ; 42 cent. ; Larg. 28 cent.

Gorguet)A. F.)

119. — Brevet de l'Ecole Coloniale, dessin à la plume et au lavis; in-fol. en largeur, signé.

Promeneurs sur une plage regardant un cuirassé pavoisé ; plume et lavis, iu-4° en haut., signé.

Jeune femme élevant un verre de liqueur; plume et aquarelle, in-8° en haut., ens. 3 dessins.

Gousse (Henri)

120. — Maquette pour une liqueur, aquarelle in-4° en haut., signée.

Haut. : 36 cent. ; Larg. 21 cent.

Gray (H.)

121. — Casino de Oviédo, aquarelle à 2 sujets pour un programme in-8°, en haut., signée.

122. — Maquette pour plaques photographiques, *en feuilles*, signée.

Haut. : 134 cent. ; Larg. : 94 ceut. 1/2.

Jeune femme en corsage rouge et jupe blanche regardant une plaque ; au milieu d'une prairie ; âne, coq, appareil sur son pied.

Guillaume (Albert)

123. — Menu : Beurre de Corneux, 2 compositious, une aquarelle et un trait agrandi. Suchard Cocoa (Enfants et chat) dessin aquarellé en forme d'encadrement; ens. 3 pièces.

124. — Épreuves coloriées. — J. et P. Coats, 4 cartes in-12 en hauteur, ép. du trait colorié à l'aquarelle.
Taverne Tourtel. 4 sujets de formats différents, ép. du trait aquarellé et gouaché.

125\. — Le diable vert, maquette à l'aquarelle, in-4° en haut.

Haut. : 0 m. 36; Larg. : 0 m. 20.

126\. — L'Encaustique chinoise, 2 compositions avec variantes du même sujet, au trait, signées, in-fol., en hauteur.
— Viola, Ladies Tailor, dessin au trait, in-fol. en hauteur, signé.

127\. — Léon, chapelier, maquette in-4° en haut., à l'aquarelle, signée.
— Charcuterie des enfants, dessin au trait, in-4° en haut., signé ; et épreuve en couleurs.

128\. — Les Métiers. 12 petites cartes in-12 en largeur, en trois feuilles, dessin au trait seulement signées, plus 11 pièces reproduction du trait colorié à l'aquarelle.

129\. — Vélocipèdes Peugeot, composition au trait in-8 en largeur, signé, et réduction du trait, avec texte, coloriée à l'aquarelle.

130\. — Les Mois. 12 compositions au trait in-8° en haut en 3 feuilles(plus la collection complète du trait colorié à l'aquarelle.)

131\. — Visitandine, liqueur des Religieuses de Conflans, dessin au trait in-4° en largeur, signé.

132\. — Paysan russe et alsacienne, aquarelle, projet de réclame pour un biscuit, in-4° en haut., signée.

133\. — 12 Cartes réclames, dessins au trait, in-18 en larg., signée, pour le pétrole X.

134\. — Rhum la Négrita. 4 compositions in-8° en haut. au trait, signées.

135\. — 4 compositions en noir ou à l'aquarelle. Bière (Médaillon). Biscuit Estieu. Femme de chambre cousant, 4 Enfants apprenant à chanter.

136. — Savon minéral J. Leçat, maquette en couleurs, in-fol. en haut., signée.

137. — Visites, 2 dessins au trait, in-8° en largeur, signés.

Manège Niel. dessin au trait, in-4° en haut., signé.

138. — Sujets humoristiques. 13 dessins au trait, sur 9 feuilles (plus 9 épreuves du trait agrandi et colorié à l'aquarelle.)

139. — Le Nectar, le Chocolat, l'Eau-de-Vie, le Champagne ; 4 dessins au trait sur une feuille.

Habert-Dys

140. — 6 Compositions fleurs (plume et aquarelle) pour Encadrements, Calendriers, Ecrans.

141. — Composition en forme d'encadrement pour un fabricant d'outils en fer, aquarelle rehaussé d'or (en 4 morceaux.)

142. — Ex-libris Mme Bunau-Varilla ; plume et encre de chine, signé, in-4° en haut.

Haut. : 0 m. 33. Larg. : 0 m. 24.

143. — Le goût parisien, 2 comp. à l'aquarelle, en forme d'encadrements, in-4° en haut. — Ecran pour calendriers, fleurs à l'aquarelle avec rehauts d'or in-4° en larg., ens. trois pièces.

Haut. : 0 m. 46 ; Larg. : 0 m. 35.

144. — Jeune femme étalant une banderolle, aquarelle en larg. — Ch. de fer de l'Ouest, maquette à l'aquarelle pour un calendrier en largeur. — Cul de lampe, ens. 3 pièces.

Hoffbauer

145. — Plan panoramique des Expositions Universelles de 1889 et 1900, deux peintures à l'huile, une sur carton, l'autre sur toile.

Haut. : 72 cent.; Larg. : 120 cent.

146. — Vue du Café Riche et du Boulevard; aquarelle in-folio en hauteur. Signée.

Haut. : 58 cent.; Larg. : 45 cent.

Hugo d'Alesi

147. — Menus pour paquebots; quatre aquarelles in-8° en haut. Signées.

Jimmey

148. — Maître d'hôtel et bouteille (pour la liqueur Hanappier) aquarelle in-8° en haut. Signée.

149. — Maquette pour une une bière, in-4° en haut crayon et aquarelle.

Haut. : 26 cent.; Larg. : 21 cent.

Malteste (L.)

150. — Agent arrêtant, avec son bâton, le Temps; maquette à l'aquarelle pour les étrennes; in-4° en larg. Signée.

Haut. : 40 cent.; Larg. : 50 cent.

Maquettes d'affiches anonymes

151. — Bordeaux — Royan Sables d'Olonne.

Bière Karcher (deux feuilles).

Chocolat Suchard (garçonnet en clown).

Néréide, contre le mal de mer, *grande maquette*.

Quinquina Calvo.

L'*Écho du Nord* (supplément illustré), demi-colombier en hauteur.

Chocolat François (Bordeaux).

Grandes Galeries du Pont de Pierre, à Rouen.

Vieux moine lisant (affiche pour une liqueur) avec vue d'une abbaye par *J. Adeline*.

Bière Tourtel (déchirée).

Saint Raphaël Quinquina (déchirée).

Lallement, glacier breveté; choux de Paris.

La Moscovite. liqueur.

Mère, enfants, domestique, avec des jouets, affiche pour étrennes.

Jeune femme sur une bicyclette portant un drapeau déployée (Salon du Cycle 1897).

Société la Française : Garin dans Paris-Brest par *Ch. Brun.*

Absinthe Parot (déchirée).

Moutarde Dubosc.

Sardines Jockey-Club Saupiquet (déchirée).

Machines Hurtu (Diligeon et Cie).

Japonaise et bicyclette.

Imprimeries Lemercier.

Enfant mangeant (affiche pour un chocolat).

Néreide, contre le mal de mer, double col en longueur.

Modes (Magasin de) jeune femme dans son intérieur essayant un grand collet.

Rouor Eorcal à Paris, quatre femmes en quadruplette.

Le Nessus, dessous de bras, demi-col en haut.

La Parisienne idéale, jarretelles hygiéniques, demi-col en haut.

Ceinture Cyrano, demi-col en haut.

Maquette pour un diplôme: La République entourée de figures de femmes allégoriques, distribuant les récompenses; demi-col en largeur.

Vaches dans un pâturage des Alpes suisses, deux maquettes du même sujet projet, et terminé.

Bière Karcher, énorme maquette en haut : 5 mètres sur 3 mètres 30.

152\. — **Maquettes d'affiches signées**

Redon (G.). — Le Petit Bleu, entoilée.

Albinet (G.). — Deux maquettes pour une liqueur (Abricotine, prunelle, etc.).

Geo Blott. — Sparkletts.

Geo Blott. — Fillette tenant un polichinelle et une boîte (affiche pour étrennes).

Gray (H.). — Spratt's Patent (Ronde de chiens sautant).

Moreuo. — Écolière portant des paquets de chicorée (?).

Guillaume (A.). — Morin, gagnant des Grands Prix de Paris 95 et 96, maquette pour les cycles Peugeot.

Geo Blott. — Costume tailleur (femme).

Géo Blott. — A l'Orpheline, costumes de deuil (déchirée).

Mantelet. — Cycles Peugeot (déchirée).

Hingre. — Bazar de l'Hôtel-de-Ville.

Sévelinge. — Chicorée « A l'Écolière ».

Hingre. — Affiche pour une fabrique de cycles.

Jordic. — Pygmalion, Exposition de blanc.

Sévelinge. — Affiche pour un chocolat, en forme de frise.

Sévelinge. — Femme portant des jouets, affiche pour étrennes.

Guillaume (non signée). — Affiche pour une bière.

Fernel. — Chicorée de la bonne cafetière.

Simonidy. — Village Suisse (entoilée).

Marold (L.). — Chocolat Grondard (en mauvais état).

Point (A.). — Affiche pour le journal *La Volonté.*

Hingre. — Singe à bicyclette.

Hingre. — Clown à bicyclette, la tête en bas.

Hingre. — Pierrot et pierrette en tandem.

Simonidy. — Affiche pour une station thermale, deux projets différents (un entoilé) pour la Bourboule.

Gray (H.). — Golden Sun Cognac, demi-col en haut. Deux maquettes différentes : 1° Vieux Monsieur; 2° Moine.

Payen (G.). — Folies-Bergère, demi-col en haut.

Marold. — Imre Kiralfy's, grand spectacle.

Marold (L.)

153. — Sept dessins à la plume ou au crayon, trois rehaussés de couleur.

L'Arc de triomphe — Mousquetaire, scène du 17e siècle, deux médaillons — Jeune fille avec panier de fleurs — Jeune femme embrassant un vieillard — Pâques et les Courses, deux crayons rehaussés.

154. — Ballet de bayadères, sur une terrasse au bord de l'eau, aquarelle in-folio en largeur.

Haut. : 60 cent.; Larg. : 100 cent.

155. — Bayadère, croquis au crayon, in-4° en haut; au revers, Enfant et bouledogue, aquarelle pour un chocolat.

Haut. : 44 cent.; Larg. : 20 cent.

156. — Bière française de la brasserie de...; maquette en couleurs in-f° en haut. Signée.

Jeune femme, robe noire, corsage vert, élevant un verre de bière.

Haut. : 54 cent.; Larg. : 40 cent.

157. — Femme et enfants dans une prairie regardan passer un convoi chargé de boîtes de Netsles Milk, superbe composition à l'aquarelle et gouache in-f° en largeur.

Haut. : 42 cent.; Larg. : 67 cent.

Marold (attribué à)

158. — Une impératrice, sur son trône, tenant un lotus bleu; à côté d'elle, un lion assis; au fond, la mer avec une ville sur un promontoire; peinture sur toile en largeur.

Haut. : 115 cent.; Larg. : 160 cent.

Belle et importante maquette demeurée inédite.

Marold (L.)

159. — Imre Kiralfy : Calque d'une grande affiche avec rehauts d'aquarelle (*mauvais état*) — Imre Kiralfy : Rajah à cheval suivi d'une escorte magnifique, épr. du trait, aquarelle et gouache (*pliée*) — Deux esquisses de la grande affiche à trois sujets; aquarelles sur une feuille; ens. trois feuilles.

160. — Jeune femme sur un trône et lion; aquarelle in-4° en largeur pour l'*Exposition de Lyon*, 1895.

Haut. : 30 cent.; Larg. : 35 cent.

161. — Jeune chinoise présentant une boîte de thé; aquarelle in-8° en haut.

Haut. : 23 cent. 1/2; Larg. : 15 cent.

Marold (L.) (attribué à)

162. — Jeune servante en costume hollandais (?) dessin rehaussé d'aquarelle, pour un café; gr. in-4° en haut.

Haut. : 31 cent.; Larg. : 45 cent.

Marold (L.)

163. — La sortie (jeune femme en robe rouge sur le seuil d'une porte) aquarelle gr. in-4° en haut.

Haut. : 49 cent.; Larg. : 26 cent.

164. — Menu Taverne Tourtel, aquarelle en forme d'encadrement, in-f° en hauteur.

Haut. : 44 cent.; Larg. : 37 cent.

165. — Tête de guerrier indien, aquarelle in-4° en haut.

Haut. : 40 cent.; Larg. : 30 cent.

166. — Culture, récolte, préparation, transport et vente du thé ; douze compositions à la plume, in-4° en largeur (une en hauteur).

Haut. : 23 cent.; Larg. : 27 cent.

Mucha (A.)

167. — Costumes militaires espagnols, portugais ou brésiliens, 4 feuilles comp. 9 sujets à l'aquarelle. Signées.

Haut. : 27 cent.; Larg. : 40 cent.

168. — Dix compositions pour une distillerie, fabrique de liqueurs, aquarelles de formes diverses, pour la Bénédictine de Fécamp (?)

O'Galop

169. — Affaire Pranzini, 9 dessins à la plume, in-8° en hauteur sur bristol.

170. — Le Vélocipède, 12 compositions humoristiques, au trait, en 7 feuilles. Signées. — Au régiment, 12 compositions humoristiques, au trait, sur une feuille ; ens. 24 dessins.

Orazi (M.)

171. — Bébé assis devant une table chargée d'une tasse et d'une bombe glacée ; jolie composition à l'aquarelle, in-4° en hauteur pour une crème.

172. — Les bulles de Savon (Enfant et chat) composition en largeur à l'aquarelle pour un calendrier.

Haut. : 24 cent.; Larg. : 63 cent.

173. — Céramo — Crystal, aquarelle originale in-fol. en hauteur.

Haut. ; 63 cent.; Larg. : 49 cent.

174. — La Champenoise (jeune femme conduisant un quadrige) grand in-4° en largeur à l'aquarelle.

175. — La Couturière, jeune femme assise, robe rouge à pois blancs; aquarelle in-4° en hauteur. Jolie composition, elle est recouverte des carreaux au crayon pour la reproduction.

176. — Défilé d'éléphants, accompagné de bayadères; aquarelle grand in-4° en largeur.

Haut. : 19 cent.; Larg. : 40 cent.

177. — Enfants : Bébé au sabot, Bébé avec soldats, Bébé avec ogre, Bébé avec polichinelle, 4 aquarelles in-4° (avec une adaptation en abat-jour).

178. — L'escrimeur; plume et lavis pour le Programme de l'Assaut annuel de la Salle d'armes Spinnemyn, in-folio en hauteur. Signé.

Hau. : 60 cent.; Larg. : 24 cent.

179. — Le Fil, 8 compositions différentes, aquarelles in-4° en hauteur.

180. — Frise d'enfants en costumes fantaisie ; aquarelle.

Haut. : 15 cent.; Laqg. : 1 m.

182. — Maquette pour le papier à cigarette : Le Nil (jeune femme en costume de Toréador) aquarelle in-fol. haut. Signée.

Haut. : 73 cent. ; Larg. : 33 cent.

183. — Les Pierrots, 4 compositions à l'aquarelle pour un calendrier — Nestlé s'food — Bébé et chat 2 comp. à l'aquarelle sur une feuille — 2 cachets en imitation de sceaux anciens sur une feuille ; ens., 8 dessins en 6 feuilles.

184. — Les Saisons, personnifiées par 4 bustes de jeunes femmes en médaillons ornés de fleurs (avec 3 reproductions en couleurs).

185. — Scènes hindoues, 3 grandes aquarelles in-f° en largeur.

Rajah descendant un escalier pour entrer dans sa barque richement décorée.

L'Entrée triomphale du vainqueur.

Divertissement : danseuses, lions, éléphant.

Très belles et importantes compositions.

186. — Soldats de l'époque Louis XVI, assis et baillant ; un groupe d'enfants les regarde ; aquarelle in-4° en hauteur,

187. — La Sortie — Aux Courses ; 2 aquarelles pour un calendrier ; sur une feuille.
Très jolies compositions.

Roubille

188. — Spratt's Patent nourriture pour chiens ; (maquette de l'affiche) aquarelle in-4° en haut. Signée.

Scott (Georges)

189. — Costumes militaires ; 7 aquarelles in-4° en largeur. Signées.
Haut. : 18 cent. ; Larg. 25 cent.

— Empire : officier hussard, chasseur à cheval et cuirassier
— Sous Louis XIV.
— Gendarmes de la Seine (1766) ;)
— A la Cantine (1899) ;
— En 1789 ;
— Sous Louis XIII :
— Campagne de France (1814). Napoléon dans une chaumière.

Simonaire

190. — Jeune femme, une hotte sur le dos, gravit un escalier ; maquette pour calendrier, in-4° en haut. Signée.
Haut. : 36 cent. ; Larg. 30 cent.

Simonidy (M.)

191. — 4 dessins pour des attractions de l'Exposition de 1900 : *Panorama du Tour du Monde, Andalousie au Temps des Maures, Exposition minière souterraine et Vieux Paris* in-4° en haut.

192. — Les Sports ; 10 aquarelles in-4° en largeur (Bénédictine). Signés.

Concours hippique.
Promenade en automobile.
L'assaut au fleuret.
La partie de tennis.
Les courses.
Promenade au bois à cheval.
Les cyclistes.
Le patinage.
Sur le yacht.
La chasse.

Tanconville

193. — Brides les Bains et Salins Montiers ; maquette à l'huile sur toile. Signée. (*Sans aucun texte*) en haut.

Haut. : 1 m. 5 cent. ; Larg. : 75 cent.

Tanconville (Attribuée)

194. — Maquette originale à l'huile sur toile : La Tarentaise.

Haut. : 1 m. 5 cent. ; Larg. : 75 cent.

Ce sont les deux femmes à gauche, dont l'une tient un panier de fleurs.

Veber (Jean)

195. — Noël, dessin à la sépia pour une légende, in-4° en largeur.

Haut. : 25 cent. ; Larg. 33 cent.

Vogel

196. — Commis épicier présentant une boîte ; aquarelle in-f° en haut. Signée. Belle composition.

Haut. : 55 cent. ; Larg. 47 cent.

197. — L'enfant au puits, 6 comp. — La sentinelle et l'enfant volant une pipe, 12 comp., ensemble 18 aquarelles in-8° hauteur, pour cartes.

Vogel

198. — Enfant mousquetaire et chien — Bucolique (XVIIIe siècle); 2 comp. au crayon, en haut et en larg.

Haut. : 37 cent.; Larg. : 28 cent.

Nous joignons un projet de menu, encadrement pour une liqueur. aquarelle in-8, ens. 3 pièces.

199. — Les Fêtes : 6 compositions à l'aquarelle pour Menus in-4° en haut.

Haut. : 32 cent.; Larg. : 21 cent.

Nouvel An. — Pâques. — Les Rois. — Fête nationale. — Saint-Nicolas. — Noël.

200. — L'incendie de la poupée, 6 compositions au trait, pour petites cartes in-8, en largeur.

Haut. : 12 cent.; Larg. : 16 cent.

201. — Jeune femme, robe bleue, se poudrant le visage, aquarelle in-4° en hauteur.

Haut. : 40 cent.; Larg. : 25 cent.

202. — Jeux d'enfants; 6 compositions à l'aquarelle, in-8 en largeur. Signées.

Haut. : 13 cent. 1 2; Larg. : 20 cent.

Charmantes compositions.

203. — 4 aquarelles scènes en costume moyen-âge, in-4° en largeur. Signées, *pour une liqueur*. Jolies compositions.

Haut. : 13 cent.; larg. : 21 cent.

204. — **Alimentation**

20 dessins et 3 épreuves en noir et en couleurs.

205. — **Animaux**

36 dessins (ou épreuves) en noir et coloriés, par Habert-Dys, Gélibert et autres.

206. — **Cafés ou Thés**

Quatre maquettes à l'aquarelle, in-4° et in-fol. en hauteur, une signée de *Paolo Henri*.
Le Café des Enfants, 2 compositions différentes — Le Café aux champs — Le Café dans le monde.

207. — **Caricatures politiques**

10 pièces par Mantelet, Plumereau, en noir et en couleur.

208. — **Chasse**

Série de 6 Menus, sujets de chasse, dessins à la plume, non signés, en haut.
Haut. : 20 cent. ; Larg. : 13 cent.

209. — **Chaussures, Vêtements, etc.**

42 dessins (ou épreuves) en noir et en couleurs par Orazi, P. Steck, Plumereau, etc.

210. — **Chocolat**

14 pièces dessins ou épreuves en noir et en couleur, 9 par Moreno.

211. — **Compositions allégoriques**

Distributions de prix ou de récompenses, Diplômes, Fête des Fleurs, Fête de la Mi-Carême, etc., 22 dessins noir ou coloriés et 7 épreuves.

212. — **Compositions pour Calendriers**

32 dessins et 2 épreuves en noir et en couleurs ; (seront vendus en plusieurs lots).

213. — **Costumes civils et militaires**

62 dessins en noir ou en couleurs par Mucha (?) Habert-Dys. Maurice, Orange, etc.
Seront vendus par lots.

214. — **Cycles Peugeot**

Rambler et autres, 4 maquettes en couleurs, par Habert-Dys et autres.

215. — **Décoration**

Ameublement : vitraux, porcelaines, tapisserie et 101 dessins originaux en noir et en couleurs, etc. 14 épreuves coloriées.

216. — **Éclairage**

8 dessins originaux (en épreuves) en noir et en couleurs, par R. Vacha, Orazi, etc.

217. — **Enfants**

(compositions décoratives, ayant pour sujets des enfants) 67 dessins originaux (ou épreuves) en noir et en couleurs par Choubrac, Bocchino, Georges Moreno, etc., pour cartes, tableaux ou affiches ; seront vendus en 4 lots.

218. — **Fleurs, Fruits**

60 dessins originaux en noir ou en couleurs par divers artistes (ou épreuves coloriées).

219. — **Imprimerie** et **Publicité**

3 maquettes en couleurs.

220. — **Liqueurs**

Vins, quinquina, maquettes en noir et en couleurs pour la Bénédictine, la Feuillantine, Liqueur Hanappier, Guillot, etc. pour reproductions en affiches, taleaux, cartes etc. environ 63 pièces de divers formats.

Seront vendues par lots.

221. — **Maquette d'affiches**

pour voyages à prix réduits : Côtes de Normandie, Bretagne et île de Jersey, 2 sujets différents à l'aquarelle, par *La Vallée*, in-fol. en hauteur. — Exposition de l'Horloge fleurie, aquarelle in-fol. en haut. par *Daubourg*, — Agrafe de Long. 2 sujets différents. — Grands Magasins universels : Jouets, in-8° en haut ; ensembie 5 maquettes.

222. — Menus

Petites cartes, 126 dessins originaux en noir et en couleurs par Hugo d'Alesi, Habert-Dys, Henri Dumont et autres.

223. — Monuments

de Paris et sites de ses environs. Monuments de l'Exposition de 1900, 42 aquarelles de divers formats par Vogel et autres.

224. — Oiseaux

30 dessins origniaux (six épreuves) en noir et en couleurs par C. Léonce, Habert-Dys et autres.
La majorité de ces œuvres est de qualité supérieure.

225. — Ornements

variés par Habert, Dys, Kruger et autres, 132 dessins originaux en noir et en couleurs (ou épreuves coloriées) en 2 cartons.

226. — Parfumerie

7 pièces, dessins (ou épreuves) en noir et en couleurs, par Bocchino, Habert-Dys, Orazi, etc.

Petites Cartes et Menus

227. — Environ 150 cartes, épreuves coloriées.

228. — Menus (par Vogel) 16 pièces, dessins et épreuves coloriées.

229. — Menus antiques (par M. Garand), 13 pièces, dessins et épreuves coloriées.

230. — Reproductions de Tableaux

dessins, etc., exposé aux Salons, 32 pièces, noir et couleur.

Par Anna Weitz, Fitz-Gerald, Wertheimer, Desliens, E. Girardot, Gesne, etc.

231. — Romans, Journaux, Théâtre, Concerts, Librairie

28 dessins originaux en noir ou en couleurs (en épreuves) par Orazi (?) Marold et autres.

232. — **Sports, Voitures, Tabac, Chasse, etc.**
11 pièces, dessins en noir ou en couleurs.

233. — **Sujets divers**
Sainteté, Anatomie, etc. 10 pièces, dessins ou épreuves en noir et en couleurs.

234. — **Sujets gracieux**
8 Dessins en épreuves en noir ou en couleurs (un panneau peint sur bois).

235. — **Sujets militaires**
6 dessins et 31 ép. en noir et en couleurs.

236. — **Vues de Sites**
Monuments, Maisons, Hôtels, projets pour le Chocolat Suchard, les grands hôtels et les grands établissements thermaux, 74 dessins, plus 15 épreuves en noir ou en couleurs par Habert Dys et autres.

LIVRES ET ALBUMS

237. — **Annales du Musée du Congo.** Publiées par ordre du Secrétaire d'État. *Bruxelles, Octobre 1898, Avril 1899*, 11 fasc. en portefeuilles.
Série I. Botanique : Illustration de la Flore du Congo, par E. de Wildeman et Th. Durand, pl. dessinées par Mme Hernicq, MM. Cuisin et A. d'Apreval. Tome I, fascicule 1 à 5, — 56 pl. en noir.
Série II. Zoologie : Matériaux pour la faune du Congo. Poissons nouveaux par G. A. Boulenger ; pl. par Smit et J. Green. Tome I, fasc. 1 à 4 ; — 39 pl. en noir.
Série III. Ethnographie et anthropologie : L'âge de la pierre au Congo, par X. Stainier. Tome I, fasc. 1 ; 5 pl. — Les collections ethnographiques du Musée du Congo, par Th. Masui, pl. par A. Lynen ; tome I, fasc. 1, 8 pl. en couleurs.

238. — **L'Art et la Mode.** La Mode en toutes choses, dirigée par H. de Hem ; *Paris*, *Librairie Centrale des Beaux-Arts* ; 4e année, 1882-83, 4 volumes in-4° br. (plus un double cartonné du 1er trimestre), figures dans le texte et hors texte noires et coloriées.
Dessins de Boldini. J. Béraud, G. Rochegrosse, Mars, A. Marie, Bac, etc.

239. — **Artistes** (les) anglais chez eux. Héliogravure J. et A. Lemercier, imprimeurs. Paris, *Londres*, 1885, *Sampson Low*, *Marston et Co*, in-4°, 1/2 chag., tête dorée.
24 héliogravures tirées sur chine et 20 photographies des mêmes sujets.

240. — **Béraldi** (Henri). Les Graveurs du XIXe siècle. Guide de l'amateur d'estampes modernes ; *Paris*, *Conquet*, 1885-1892, 12 vol. in-8° br. (Envoi). Manque les frontispices.

241. — **Bretagne** (la) **contemporaine**. Sites pittoresques, monuments, costumes, scènes de mœurs, histoire, légendes, traditions et usages des cinq départements de cette province, dessins d'après nature par Félix Benoist, lithographiés par les premiers artistes de Paris ; *Paris*, *Henri Charpentier*, 1867, 3 vol. in-fol. demi chag. roug, plats toile.
168 planches hors texte noir et couleur.

242. — **Cabuzel** (A.). Cours de perspective des ombres à l'usage des cours de dessins. *Paris*, 1887, grand in-4° oblong, percaline pleine, 28 planches.

243. — **Catalogue Bovet**. Lettres autographes composant la collection de M. Alfred Bovet, décrites par Etienne Charavay, *Paris*, *Charavay frères*, 1887, fort. vol. in-4° demi-rel., nombreuses reproductions.

244. — **Chromolithographie**. Planche décomposée tirée en 15 couleurs ; *Paris*, *Lemercier*, 29 planches en 1 vol. in-4° demi chag.
2 Vases en émaux cloisonnés avec les états successifs des tirages.

245. — **Collection Hutrel.** In-8° illustrés, 2 vol. en portef. et relié demi-chag., dos et coins, tête dorée.
Les Confessions de saint Augustin, traduction nouvelle avec introduction par Ed. Saint-Raymond ; 8 eaux fortes par Lalauze. — Vie de sainte Catherine d'Alexandrie, par Jean Mielot, texte revu et rapproché du français moderne par Marius Sepet, 1881 ; ill. en noir et en couleurs.

246. — **Compagnie de Fives-Lille.** Pour constructions mécaniques et entreprises ; 2 vol. in-4° oblong, demi-rel., 135 pl. en héliogravure.
Mécanique générale, 1 vol. Ponts et Charpentes, 1 vol.
Un double, même état.

247. — **Concile œcuménique de Rome** 1869-70. — Spécimen comprenant 10 pl. en noir et en couleurs, portraits et vues en 1 vol in-4° percal. rouge.

248. — **Couverts,** Articles pour la table, vaisselle, etc. recueil factice de 60 pl. lithog. à plusieurs sujets en 1 vol. in-4° toile noire.

249. — **Cuvier** (L.). Promenades dans les Vosges; *Montbéliard, l'auteur, s. d.* in-f° cart. 16 pl. lithog. en noir et tirées sur papier bleu.

250. — **Daubourg** (E.). L'architecture intérieure : Portes, vestibules, escaliers, antichambres etc. ; ensemble et détails en plan, coupe, élévation et profil. *Paris, Baudry,* 1876, in-f° 40 pl. en portefeuille.

251. — **Décoration arabe** (la). Album de 110 pl. lithographies noires et couleurs en 1 vol. in-4° demi-chag. vert.
— 1 double, même état.

252. — **Demidoff** (A. de). Album du Voyage dans la Russie Méridionale et la Crimée, par la Hongrie, la Valachie et la Moldavie dessiné d'après nature, et lithographié par Raffet, *Paris, Ernest Bourdin* s. d. in-f° demi-charg. plats toile, tête dorée non rogné.

100 planches lithographiées par Raffet tirées sur papier de chine.

Bel exemplaire de 1er tirage.

253. — **Divers.** Albums de planches imprimées par la maison Lemercier 7. vol. reliés de divers formats. Glaces par Martin in-4°. — La Tapisserie par M. Alford in-4° — Bassin houllier de Valenciennes par M. Zeiller in-4° — Ornements en zinc Ed. Coutelier, in-4° — Médailles artistiques in-4° oblong — Corpus inscriptionum semiticarum, 1889 Pars secunda — Tomus I — Tabulæ — Fasc. primus in-f° — Ornements pour appartement in-f°.

254. — **Ecole professionnelle de Dessinateurs.** — Lithographes ; Paris 2 Rue Vauquelin ; *Paris*, s. d. in-4° cart. 73 pl. en noir et en couleurs.
Remise des travaux des Elèves de l'Ecole ; envoi à M. Alfred Lemercier.

255. — **Editions de Lemercier** et Cie 57. rue de Seine, *Paris.* — 2 vol. gr. in-f° comprenant 106 pl. noir et couleurs, reliés demi-chag. rouge dos et coins. Oiseaux des îles, 12 pl. — Etude d'oiseaux d'apr. nature — Etudes de fruits, 12 pl. — 6 Etudes : nos oiseaux — 6 Etudes : nos gibiers : poil — 6 Etudes, nos gibiers : plume — 6 Etudes souris blanches et oiseaux — Fleurs, études 12 pl. — Papillores et fleurs, d'ap. nature.

256. — **Eiffel** (G.). La tour de trois cents mètres *Paris*, 1900, *Société des Imprimeries Lemercier*, 2 vol. gd. in-f° demi-rel., dont un de planche.
Tiré à 500 exemplaires numérotées : n° 496. — Nous y joignons la Notice sur le Pont du Douro à Porto ; par G. Eiffel ; Clichy, 1879, in-4° demi-chag.

257. — **Fisquet** (Henri). Les Pères du Concile — Biographies, portraits et autographes des Pères du Concile premier du Vatican ; *Paris, Lemercier et Cie*, 1871, in-f° en portefeuilles.
14 pl. de portraits (16 dans chaque) tirées en noir, et titres en chromolithographie ; facsimile d'autographe.
— Concile Oecuminique de Rome : Le Sacré Collège 1 vol. 46 pl. noires et couleurs — Biographie du Souverain Pontife Pie IX, 1 vol. 47 pl. noires et couleurs ; les 2 vol. demi chag. rouge plats toile, plaque spéciale ; tr. dorées. *Ensemble 3 vol.*

258. — **Frond** (Victor). Panthéon des illustrations françaises au XIXe siècle, comprenant un portrait une biographie et un autographe de chacun des hommes les plus remarquables dans l'administration ; les arts, l'armée etc. ; *Paris Abel Pilon*, 17 vol. in-f° demi chag. vert travers dorés. Tomes 2 à 10, 14 à 17 inclus.
Académie Française, tome 1er — Clergé, tome 1er — Ecole française au XIXe siècle : Beaux-Arts tome 1er — La Presse tome 1er.

259. — **Gagarine** (le prince Grégoire). Le Caucase pittoresque, avec une introduction et une tente explicatif par le comte Ernest Stackeberg ; *Paris, Plon* 1847, 1 vol. gd. in f° demi chag. rouge non rogné 80 pl. d'après nature par le prince Gagarine, lithographies par les artistes français les plus éminents. 80 pl. noires et couleurs par Eug. Ciceri, Mouilleron, Célestin Nanteuil, Le Roux, Bayot, J. Didier, G. Régamey etc.

260. — **Galerie française.** Collection des hommes et des femmes qui ont illustré la France dans le XVIe XVIIe XVIIIe siècles avec des notices et des fac simile ; avec une introduction qui comprendra les principaux événements qui se sont passés depuis Merovée jusqu'à Louis XII ; par une Société d'hommes de lettres et d'artistes ; *Paris, Didot* 1823 tome 3e, 1 vol. gd. in-8 demi-chag. rouge tr. dorées.
Portraits lithographiés par Maurin et autres, et nombreux fac simile d'antographes.

161. — **Gallot** (Ch.). Personnalités contemporaines : portraits et biographies ; *Paris* 1885, 1er série, 50 portraits en photographie en 1 vol. demi chag. rouge tr. dorés.
4 Exemplaires.
Cette première série est consacrée aux écrivains et et débute par Victor Hugo.

262. — **Guimet** (Emile), L'Espagne, lettres familières, avec des post-scriptum en vers par Henri de Riberolles, *Paris, Cajani et C*[e], 1864, in-f° rel. percaline plaque spéciale.
51 planches lithographïées à deux teintes.

263. — **Hannart frères**. Teintures et apprêts sur tous tissus. Etablissements à Roubaix et à Wasquehal — (albums de modèles et échantillons) Exposition de 1900; en 1 vol in-4° obl. Cart. *titre et ornements lithog. en couleurs.*

264. — **Harding** (J. B.). Picturesque Selections, drawn on stone by J. D. Harding; *London Ken e C° s. d.* in-folio, dos et coins de chag. plats toile.
30 planches lithographiées à deux teintes.

265. — **Havard** (Henry). Histoire et philosophie de tous les styles (Architecture — Ameublement, Décoration) *Paris* 1899 (tome 1er seul) in-4° en 2 cartons.
21 planches en noir et en couleurs hors texte, fig. dans le texte d'ap. le dessin d'Ypermann, Maugonet, Boudier, Hotin, Melin, Roguet, etc.
Exemplaire n° 117.

266. — **Héliogravure**. Imprimeries Lemercier Paris-London, in-folio, demi chag. rouge, dos et couv. tête dorée.
75 pl. en héliogravure représentant des Monuments, tableaux anciens et modernes, objets d'art, portraits etc.
Un double, même état.

267. — **Héliogravure Lemercier** Album factice de 117 pl. en 1 vol. in-fol. demi-chag. brun, tête dorée.
Portraits, acteurs, auteurs, gens du monde, œuvres d'art, etc.

268. — **Impressions Lemercier**. 4 albums de planches, in-4° et in-folio, demi rel. chag. de couleurs variées.
Hôtel William H. Vanderbilt, in-fol. 9 planches. — Art de la Peinture au Japon, par Anderson, 36 héliog. (plus 29 photog., des héliog.) in-fol. — Guyon et Bary; atlas des Maladies des Voies urinaires, in-4°, 43 pl. en couleurs. — Vues du Canada in-4°, 16 héliogravures et 14 photographies.

269. — **Janet** (Gustave). La mode artistique. Recueil de modes nouvelles, coloriées et retouchées à l'aquarelle; *Paris s. d.* 1 vol. in-4°, demi-cuir de Russie. *Couverture.* Recueil très rare comprenant 126 planches coloriées (de 1 à 126).

270. — **Le Bon** (le Dr Gustave). Les monuments de l'Inde, ouvrage ill. de 400 fig.; héliotypies, cartes et plans; *Paris-Didot*, 1893, in-4°, demi chag. Lavallière, dos et coins, tête dorée non rog. *fig.*

271. — **Lemercier et Cie, Paris.** Spécimen des différents genres d'impression en lithographie, chromolithographie; album in-folio maxima relié toile rouge. 140 planches noires et couleurs.

272. — **Lithographie.** Album factice de 62 portraits en noir lith. par *Borneman*, *Lafosse*, etc. sur chine en 1 vol. in-fol. demi-chag., rouge, tête dorée.

Papes, Cardinaux et Généraux. Portrait de Léon XIII, alors cardinal.

273. — **Lithographie et chromolitographie des Imprimeries Lemercier.**

4 albums in-4° et in-folio, reliés demi-chagrin, ens. 290 pl. en noir et en couleurs.

Planches dépareillées de différents ouvrages: L'album Japonais, motifs inédits de décoration Japonaise par G. Fraipont. — La Mosaïque éditée par Didot. — La Vie des Saints, (Ed. Palme) et planches diverses d'ap. Detaille et autres. — La collection Spitzer.

274. — **Mager** (Henri). Atlas colonial avec notices historiques et géographiques par divers; *Paris, Charles Bayle* s. d. in-4°. Cart. toile. 20 cart. en couleurs. On y joint : Bardstreet's Commercial Report embrassing Bankers, Merchants, Manufacfactures and others in the United States and the Dominion of Canada : vol. 116 — January 1897, in-folio, demi-reliure. — The Standard advertisement Press Directory — 1900 — in-4° percaline. — Annuaire de la Publicité 1897, in-8 toile. — The Years art 1893, in-12 toile. — Delaye, aperçu critique sur la législation télégraphique, 1896, in-12 br. ; ens. 6 vol.

275. — **Manufactures de Sellerie**. Gache aîné, *Paris*; album in-4°. Cart. Couv. ill. et 24 pl. noires et couleurs.

276. — **Monet** (A. L.). Les machines et appareils typographiques en France et à l'étranger suivi des Procédés d'impression *Paris*, *Bulletin de l'Imprimerie* 1878, in-8 br., fig.

Nous joignons : Spécimens of Printing types, by W. Caslon I. in-8 et in-4° toile. — Spécimens des couleurs typographiques Ch. Lorilleux et Cie, 1897, in-8 oblong toile (2 exempl.) — Fonderie Turlot : caractères pour labeurs et pour affiches, 2 vol. — Fonderie Turlot : caractères en tous genres, 6 vol. in-8 percal. (en étui.) — Fonderie de G. Peignot, album de 1897, in-4° percal. — Masure et Perrigot, album de papier à la forme.

277. — **Ouvrages divers.** 3 vol. gr. in-8, br. et reliés. Traité de lithographie publié par la maison Ch. Lorilleux et Cie ; 1889, br. *fig*. — Monte-Carlo. 1884-1887. Programmes des Concerts Pasdeloup, coll. complète des 12 prog. ill. de lith. par Chartran ; cart. percaline. — Guillemin (A.) Jeanne d'Arc, l'Epée de Dieu ; 1875, demi-chag., tr. dorées.

278. — 5 vol. in-4° et in-fol. demi-rel. *de Bériot*. Méthode de violon (rel. fatiguée). — *Compagnie* française pour l'exploitation des procédés Thomson-Houston, in-4° 100 pl. en noir. — *Yvon*. Méthode de dessin. — Cornu (Sébastien). Cours de dessin de la figure humaine.

279. — 9 vol. in-8 et in-folio cart. ou reliés. Accessoires de pharmacie Legendre et Cie. — Série des prix de la Ville de Paris 1895. — Carrelages mosaïques Demolins frères. — Extrait de l'album n° 1 des Fontes ornées. Comptoir général du Bâtiment 1896. — Linoléum, 5 albums différents.

280. — **Panthéon** des illustrations françaises au XIXe siècle, comprenant un portrait, une biographie et un autographe de chacun des hommes les plus marquants dans l'administration, les arts, l'armée, etc. *Paris*, s. d. (1870), *Abel Pilon* et *Lemercier*, 2 vol. grand in-4° demi-chagrin rel. non uniforme.

Guerre et Marine, 1 vol., 41 portraits. — Artistes, savants, écrivains, 1 vol. avec 29 portraits.

281. — **Rambert** (Eug.) et **Robert** (Léo Paul) Les oiseaux dans la nature. Description pittoresque des oiseaux utiles; 60 pl. en couleurs, 30 gravures sur bois hors texte et 122 gravures dans le texte, d'après les aquarelles et dessins de L. P. Robert; *Lausanne, Lebet* s. d. in-f° rel. percal. rouge, plaque spéciale dorée.

88 pl. noires et couleurs. Mouillures — Reliure fatiguée.

282. — **Ravaisson** (Félix) Études classiques de dessin autolithographiées par Jules Laurens, Bellanger, Sirouy, et autres artistes éminents, tirées de la collection des Classiques de l'Art publiée sous les auspices de M. F. Ravaisson; *Paris s. d. Lemercier*, 100 pl. sur chine en 1 vol. grand in-folio, demi chag.

283. — **Robert** (Karl). Cours de paysage au fusain; *Paris, Lemercier*, 1879, texte in-8° et pl. in-f° ens. 1 vol. in-f°, percal. noire, 30 pl.

284. — **de Soultrait** (G.) Le Château de La Bastic d'Uréf et ses seigneurs; texte par le comte de Soultrait, planches gravées sous la direction de Félix Thiollier d'apr. les dessins ou photographies; *Paris*, 1886, in-folio demi-chag. vert tête dorée non rogné. 69 héliogravures hors texte.

285. — **Spécimens de cartes et menus** de la maison Lemercier et Cie; *Paris*, 57, rue de Seine; ens. 2 vol. gr. in-folio, demi-chag. rouge plats toile. 232 planches en noir et en couleurs.

286. — **Steinfoort** et **J. J. ten Siethoff**. Der Nederlandsche Bezittingen in Oost-Indie; *La Haye*, 1883-85, atlas grand in-folio cart, de 14 cartes coloriées.

287. — **Titeux** (Lieutenant-colonel). Costumes militaires de l'armée française; un portefeuille contenant 162 pl. déparcillées. 8 sujets.

288. — **Toiles peintes et tapisseries** de la ville de Reims, 32 pl. grand in-folio reproduisant les principales scènes des Mystères du xve siècle, dessinées et gravées par *Casimir Leberthais* accompagnées du texte des Mystères, avec des explications historiques par *Louis Paris; Paris, chez le vicomte de Brulart*, s. d. grand in-folio demi-rel. 32 pl. en noir.

Manque le texte.

289. — **Le Tonkin,** photoglypties. 65 pl. en 2 vol. grand in-4° demi-chag.

D'après les photographies prises par M. le d[r] Hocquard, médecin-major.

290. — **Typo-Photographie.** — Photographie — Phototypie. 300 planches en noir et en couleurs reliées en 3 volumes in-folio demi-chag.

Épreuves d'essai en grande majorité des impressions de la Société des Imprimeries Lemercier pour diverses publications de ces dix dernières années; écrivains, acteurs et actrices, chanteurs, cantatrices, tableaux célèbres; dessins de E. Delacroix, Th. Rousseau, Prudhon, G. Clairin, etc., tableaux, statues, monuments, gravures anciennes, etc.

291. — **Ueber Land und Meer** Allgemeine illustrirte zeitung; *Stuttgart*, 1863 1885, 22 vol. reliés plus 3 années en livraisons.

Années 1863, 1867 à 1871, 1872 (tome II seul), 1873, 1874 (tome I), 1875 (tome I), 1876, 1877, 1878 reliées en 2 volumes.

Années 1883 (manquent n°s 3 et 4), 1884 (manque n° 12), 1885 (manque n° 13), en livraisons.

292. — **Vaux-le-Vicomte** (le Château de) dessiné et gravé par Rodolphe Pfnor, accompagné d'un texte historique et descriptif par Anatole France. *Paris, Lemercier et Cie*, 1888, in-f° dos et coins de chag. rouge tête dorée non rogné. *84 pl. en couleurs.*

293. — **Verdellet** (J.). Manuel géométrique du Tapissier; *Liège, Claesen*. 64 planches en noir, en 1 vol. in-f° demi-chag. rouge.

Planches seules.

294. — **Views of Japan,** album grand in-folio oblong de 25 photographies reliées en 1 vol. demi-chag. rouge.

295. — **Voyage en Islande et au Groenland,** publié par ordre du Roi sous la direction de M. Paul Gaunard; atlas historique, lithographie d'ap. les dessins de A. Mayer; *Paris s. d. Arthus Bertrand,* 2 vol. grand in-f° demi-veau.

152 planches en noir ou avec teinte par Sabatier, Bayot, Victor Adam, E. Lassalle, Guiaud, A. Joly, Blanchard, Oscar Gué, etc.

EAUX-FORTES — HÉLIOGRAVURES LITHOGRAPHIES EN NOIR ET EN COULEURS

296. — **Affiches de petit format.** Chromolithographies en épreuves, d'Etat ou d'Essai; environ 80 pièces en un portefeuille gr. in-folio.

297. — **Cadre** contenant 10 gravures: eaux-fortes et héliogravures, etc., dont *Desbrosses,* la Mare aux vaches; *Desbrosses,* Le Vieux pont; *Martial,* Les Cancalaises, d'ap. Feyen, Perrin, etc.

298. — **Cartes postales illustrées**, menus, petites pièces, costumes militaires, etc., la plupart en couleurs: environ 185 feuilles à plusieurs sujets; en un portefeuille.

299. — **Chromolithographies,**, typogravures, héliogravures, en épreuves d'essai ou terminées; environ 200 pièces en un portefeuille grand in-folio.

300. — **Collection Spitzer**. Reproductions de miniatures et objets d'art anciens. Ornements, décoration; environ 350 pièces, la plupart en couleurs; en portefeuilles.

301. — **Dillon** (H. P.). Les Ballons, lithographie originale en couleurs, in-fol. en haut., ép. d'artiste sur chine, *signée, avec dédicace ;* encadrée.

302. — **Diplômes**, la plupart en épreuves d'essai, environ E15 pièces en un portefeuille.

303. — **Garnier** (Jules). La Bacchante, chromo-lithographie de *Dambourgez*, d'ap. Jules Garnier ; encadrée.

304. — **Héliogravure pour une Vie de Jésus** d'après Rochegrosse, W. Crane, B. Constant, Abbey, J.-P. Laurens, etc. ; environ 300 pièces, épreuves d'essai ou bons à tirer.

305. — **Héliogravures** de divers formats, reproduction de tableaux français et étrangers, portraits, etc., en noir et en couleurs, environ 500 pièces en 3 portefeuilles.

306. — **Lithographie ancienne et moderne** Album cosmopolite : L'Italie, par *Ferogio, Chaplin, Lhermitte, Traver, etc.*, environ 115 lithographies en un portefeuille.

307. — **Lithographies, Eaux fortes, héliogravures**, par Lunois, Chauvel, Dillon, Pirodon etc., 82 pièces (2 lots) la plupart de très grand format (quelques-unes en mauvais état).

308. — **Marold** (L.) Affiche pour Imre Kiralfy, Earl's Court; sur toile.

Haut. : 3 m. ; Larg. : 7 m.

2 Exemplaires.

309. — **Maurou** (P.). Retour de la chasse à l'ours (l'âge de pierre) *d'après Cormon*, in-f° en largeur, encadrée.

310. — **Mucha** (A.) Héliogravures d'après ses dessins. Personnages, fleurs etc., en épreuves d'essai ou d'état; environ 165 (ép. plusieurs doubles).

311. — **Munkacsy** (d'après). Le Christ devant Pilate, chromolithographie d'ap. Munkacsy par *Kadar* gd, in-f° en largeur encadré.

312\. — **Rembrandt**. Héliogravures d'ap. ses tableaux, publiées par Sedelmeyer ; 1 lot d'environ 1.000 ép. sur japon et sur vergé (plusieurs doubles).

313\. — Tableaux reproduits par l'héliogravure, épr. d'essai ou de bon à tirer de l'ouvrage publié par Sedelmeyer. 146 ép. sur vergé et 145 ép. sur japon.

314\. — **Simonidy**. Affiches pour le journal *Le Figaro*, 18 pièces diverses — Nous y joignons environ 60 petites affiches Steinlen, Bocchino, Marold et autres

315\. — **Sirouy** (Ach.). Apollon vainqueur du serpent Python, lithographie d'ap. *Eug. Delacroix*, ép. d'artiste sur chine, in-f° en hauteur. Signée, encadrée.

316\. — **Tissot** (James) d'après. Compositions pour la *vie de Jésus*, 30 ép. d'essai en 18 cadres de diverses dimensions.

317\. — **Tissot** (J.) Vie de Jésus, compositions en couleurs, environ 80 ép. en un portefeuille.

318\. — **Veber** (Jean). Mater dolorosa, lithog. originale en couleurs in-4° en largeur, ép. d'artiste sur japon. Signée, fond bleu, encadrée.
— Une autre épreuve même état et condition avec le fond tiré en brun.

319\. — Rana, lithographie originale en couleurs, in-f° en hauteur, épreuve de remarque sur japon, encadrée.

320\. — **Verhas** (Jan) d'après. Revue des Ecoles, (1878) chromolithographie par *Eug. Dubois*, in-f°. en largeur, avec dédicade du peintre ; encadrée.

321\. — **Un lot d'affiches**. Entoilées ou sur papier par Grasset. Privat-Livemont etc ; environ 120 pièces.

322\. — Sous ce numéro seront vendues par lots, quantité d'épreuves variées de pl. imprimées par la Société des Imprimeries Lemercier ainsi que les articles omis au présent Catalogue.

223. — Sous ce numéro, seront vendues environ 200 affiches de divers formats, imprimées par les Imprimeries Lemercier par Léandre, Grasset, Simonidy, Choubrac, de Ochoa, Zimmy etc, ; quelques-unessont en toilées.

324. — Sous ce numéro, seront vendus, par lots, quantité de cadres de différentes grandeur contenant des ép. des Imprimeries Lemercier.

PLANCHES GRAVÉES
OBJECTIFS PHOTOGRAPHIQUES
MEUBLES

325. — **Planches de cuivre gravées.** 1 Planche, héliogravure, Lemercier. Portrait de Rembrandt jeune d'ap. son tableau, in-4° en haut. — 1 Planche de 4 sujets pour cartes adresses: couple en costume moyen âge. — 2 Planches pour menus, à 2 sujets sur chaque pl. ; personnages en costume du XVIe siècle ; in-4° en largeur.

326. — 6 planches menus : sangliers lapins, lièvres, coqs, chevreuils, renards, petit in-4° en hauteur (aciérées).

3 planches menus oiseaux, 2 sur chaque planche, héliogravure in-4° en largeur.

1 planche : 6 cartes (animaux) héliogravure in-4° en hauteur.

327. — Planches gravées.

1 planche de 6 cartes : souris et nature morte, gd. in-4° en largeur (héliogramme).

1 Planche de 6 cartes : oiseaux et fleurs ; gd. in-4° en largeur (héliogravure).

328. — OBJECTIFS

1. Objectifs Dalemeyer pour simili, avec son jeu d'intermédiaires.
   Diamètre : 11 cent. ; Longeur 19 cent.
2. Berthiot.
   Diam. : 11 cent. ; Long. 20 cent.
3. Hermagis quadruple.
4. Steinheil.
   Diam. : 12 cent. ; Long. : 9 cent.
5. — id. 8 id. 8 cent.
6. — id. 5 c. 1/2 id. 5 cent.
7. Cooke (Penose).
   Diam. : 6 cent. ; Long. : 6 cent.
8. Dalmeyer.
   Diam. : 6 cent. ; Long. : 10 cent.
9. Sans marque (gravé n° 2)
   Diam. : 7 cent. 1/2 ; Long. ; 13 cent.
10. Sans marque (gravé n° 3).
    Diam. : 6 cent. ; Long. : 12 cent. portrait.
11. Objectif à portraits.
    Haut. : 14 cent. ; Larg. : 23 cent.

Un prisme
Haut. : 6 cent. 1/2 ; Larg. : 5 cent.

Un lot d'objectifs incomplets.

Une cuve à face parallèle avec son cadre.

Deux écrans compensateurs.

Deux glaces fines pour simili, 133 lignes, de Jhonsons, à Leicester.
Haut. : 24 cent. ; Larg. : 30 cent.

MEUBLES

329. — Appareil à supporter les affiches, avec tringles en fer.

330. — Meuble à 8 tirasses en chêne, porte à deux battants fermant à clef.

	Exterieur	Intérieur
Profondeur. .	82 cent.	72 cent.
Hauteur. . . .	105 —	
Largeur. . . .	120 —	107 —

331. — **Meuble à portefeuille** en chêne avec couvercle et dessous à doubles portes.

Haut. : 0 m. 80 ; Larg. : 1 m. 40 ; Prof. : 0 m. 62.

332. — **Grand Meuble** en chêne avec huit tiroirs de 0 m. 06 de profondeur.

Haut. : 1 m. ; Larg. : 1 m. 73 ; Prof. : 0 m. 90.

333. — **Petit Meuble** à portefeuilles en chêne avec couvercle et dessus à deux portes.

Haut. : 0 m. 84 ; Larg. : 0 m. 85 ; Prof. : 0 m. 64.

334. — **Petit Meuble** à portefeuilles en chêne avec couvercle à une porte et devant à deux portes.

Haut. : 0 m. 86 ; Larg. : 1 m. ; Prof. : 0 m. 24.

335. — **Deux Chevalets** dont un droit à crémaillère et l'autre pliant.

336. — **Grande Table** à dessin et ses deux tréteaux à crans d'élévation.

Table 2 m. 40 sur 1 m. 35.

337. — **Chevalet en X** à portefeuilles en hêtre.

IMP. FRAZIER-SOYE, 153, RUE MONTMARTRE, PARIS

www.ingramcontent.com/pod-product-compliance
Ingram Content Group UK Ltd.
Pitfield, Milton Keynes, MK11 3LW, UK
UKHW021947260726
13994UKWH00004B/1588